Greg Tessier - Amandine

Mistinguette

en quête d'amour

Miss Jungle

Merci à toi – tu ne rêves pas, non, non ! –, à toi aussi là-bas – mais ne te cache pas, ne sois pas timide ! –, et à toi aussi, bien entendu, comment t'oublier ! Bref, merci à toutes celles et à ceux qui auront su éveiller ma curiosité et qui se reconnaîtront certainement dans ces quelques lignes.

Greg.

Merci à l'incroyable équipe de soutien (Drac, Sam, David, Yaooo et même Tomatias ! Et Maman et Papa, bien sûr !), merci pour vos encouragements et vos conseils !!! Merci aussi à ZouZou pour la toute première relecture en compagnie de Fleurette dans la chambre de Villeneuve ! Merci à Grégory pour avoir eu l'idée de cette chouette collaboration !!! Et surtout un merciiiiiii infini à Pierre, le charmant jeune homme du bureau d'à côté, sans qui cet album serait bien fade !!!...

Amandine.

Un remerciement tout particulier à Estelle et l'ensemble de l'équipe Jungle, sans qui rien n'aurait été possible.

Les auteurs.

Scénario : Greg Tessier
Dessin, couleurs : Amandine
ISBN : 978-2-822-22297-6

Jungle est une filiale du groupe Steinkis

Avril 2018
Imprimé en France par PPO graphic. Dépôt légal : Avril 2018

Une veille de rentrée, dans une ville de province comme tant d'autres.
DÉJÀ QUE DÉMÉNAGER N'A PAS ÉTÉ FACILE...
... J'ESPÈRE AU MOINS QUE JE ME FERAI DE NOUVELLES COPINES. HEIN, CARTOON ?
IL EST L'HEURE DE DORMIR !
MOINS FORT, J'AI COMPRIS ! ET PUIS TU NE RENTRES PAS COMME ÇA DANS MA CHAMBRE, D'ABORD !
SI JE VEUX !
SI JE VEUX !
SI JE VEUX !
ARRÊTE !!!
ON SE CALME ICI ! ARTHUR, LAISSE TA SOEUR TRANQUILLE. ELLE EST SUFFISAMMENT STRESSÉE POUR NE PAS AVOIR À EN RAJOUTER !
TOUT LE MONDE DEHORS, ET ON NE DISCUTE PAS !
FAIS DE BEAUX RÊVES, MA MISTINGUETTE !
BONNE NUIT, M'MAN.

SLLLRP
TU CONNAIS LA BLAGUE DU PETIT DÉJEUNER ?!?
EUH... QUOI ? NON !
PAS DE BOL !!!
SUPER PAPA, TROP DRÔLE !
PAS DE BOL, BAH, NON, 'Y A PAS DE BOL !
?
J'EN AI ASSEZ ENTENDU. JE FILE, M'MAN !
OUI, BONNE JOURNÉE, CHLOÉ.
VLLAM !

1er trimestre

"Mode observation" enclenché

MIGNONNE
HA HA HA HA HA
BONJOUR, EST-CE QUE CETTE PLACE EST LIBRE ?
NON !
PARDON, EST-CE QUE...
NON, DÉSOLÉ, C'EST DÉJÀ RÉSERVÉ !
?!?
HA HA HA HA HA HA
TU NE PEUX PAS FAIRE UN PEU ATTENTION, NUNUCHE ?
PARDON, JE...
BON, IL Y A UNE PLACE PRÈS DE MOI, VIENS T'ASSEOIR !
J'TE CONNAIS ?!
NON, C'EST MON PREMIER JOUR DANS CE COLLÈGE, JE RENTRE EN QUATRIÈME.
BAH, IMPRIME CE VISAGE DANS TA PETITE TÊTE CAR TU RISQUES DE LE REVOIR SOUVENT !

...
OUOUH ! NOÉMIE ! LESLIE !!
ANISSA !
SUPER CE PETIT HAUT !
NE SUIS-JE PAS MAGNIFIQUE, LES FILLES ?
WHAOUH ! TROP ! ON PEUT TOUCHER ?
SÉRIEUX, QU'EST-CE QU'ELLE ME VEUT, CELLE-LÀ ?
C'EST RIEN, JUSTE UNE NOUVELLE QUI ME COLLE DEPUIS TOUT À L'HEURE.
EN ROUTE !
ON SOUFFLE BIEN, ON N'A RIEN ENTENDU ET ON GARDE LE MORAL ! JE SUIS PERSUADÉE QUE C'EST CE QUE ME DIRAIT PARRAIN ÉTIENNE !

POUR LA 4ÈME C, AVEC Mlle VERNIER, PROFESSEUR DE MATHÉMATIQUES, J'APPELLE BLIN CHLOÉ.
JE RÉPÈTE : J'APPELLE BLIN CHLOÉ.
PRÉSENTE !
BL-IN CHLO-É, ELLE N'EST PAS LÀ ?!
1, 2, TOUJOURS PAS...
JE SUIS LÀ, PARDON MONSIEUR, PRÉSENTE !
REPRENONS... BODIER ANISSA...
C'EST MOI-MÊME !

Au programme de la matinée : apprendre à mieux se connaître en complétant des fiches de renseignements...
ON SE CONCENTRE AU FOND S'IL VOUS PLAÎT !
HiHiHiHi Hi Hi
DRRRiiiiiNG !
FALUT, MOI F'EST MARC !
EUUH ! AH OUI... ENCHANTÉE ...
Restaurant scolaire
Collège Georges Brassens
À la pause de midi, ce fut menu Seule au Monde...
HiHiHiHi HiHiHi
GÉNIAL ! EN PLUS, ÇA A L'AIR TROP DÉGUEU !

L'après-midi fut quant à elle consacrée à la présentation des professeurs.
Français...
Sciences de la vie et de la terre...
Sciences physiques...
Musique...
ou encore Sport...
Tout cela aurait dû faire sourire Chloé, mais son cœur était décidément triste comme le mauvais temps.

BONSOIR FLORENCE !
BONSOIR CATHY, BONSOIR REDWAN !
COUCOU ARTHUR !
SALUT LILOU ...
ÇA S'EST BIEN PASSÉ TA PREMIÈRE JOURNÉE, MISTINGUETTE ?
MMMH.
TU ES SÛRE ?
...
OUI, JE SUIS SÛRE !!!
?
Première journée catastrophique !
Plus jamais ça !
Marre d'être transparente !
Solutions : étudier Anissa, Noémie et Leslie afin d'acquérir leurs techniques de popularité...
Commencer par interroger parrain Étienne à ce sujet.

ALORS, QU'EST-CE QUE TU PENSES DE TOUTE CETTE HISTOIRE ?
TU AS TOUJOURS ÉTÉ UNE COMBATTANTE COMME TON TONTON ET PARRAIN PRÉFÉRÉ, C'EST PAS VRAI ?
SI !
TU AS DONC RAISON DE NE PAS T'APITOYER SUR TON SORT ! MAIS, TRÊVE DE BAVARDAGE, PLACE MAINTENANT À LA MUSIQUE. TU VERRAS, TU SERAS ENSUITE DANS DE BIEN MEILLEURES DISPOSITIONS !
SURTOUT QUE, SURTOUT QUE...
SURTOUT QUE QUOI ?!
JE CROIS QU'UNE NOUVELLE GUITARE ATTEND SA PROPRIÉTAIRE DANS LA PIÈCE D'À CÔTÉ !
OH MERCI, MERCI !!!
ON VA POUVOIR ENFIN REFORMER NOTRE DUO MAGIQUE, HI, HI !

Ragaillardie, c'est donc pied au plancher que Chloé décida de s'investir dans cette enquête de longue haleine.
cahier d'observation
C'EST FOU, LEURS VÊTEMENTS ET LEUR ATTITUDE FONT QU'ELLES SAVENT RESTER SEXY ET GLAMOUR EN TOUTES CIRCONSTANCES !
APPAREMMENT, EN PLUS, C'EST EFFET GARANTI !
ELLES SONT TROP CANONS !!!

LE PIRE C'EST QUE CES TROIS-LÀ SONT POURTANT DE VRAIES LANGUES DE VIPÈRES !
T'AS VU CE FAUX LOOK GOTHIK LOLITA, BEURK !!!
PFF PFF
CLIC
HI HI HI
HI HI HI HI HI
OH, REGARDE, LESLIE ! AAH AAH !
IL SERAIT PEUT-ÊTRE TEMPS QUE LUDIVINE SE DÉCOLORE LA MOUSTACHE !!!
AVEC SES UN MÈTRE TRENTE LES BRAS LEVÉS, POUR VIRGINIE, C'EST CERTAIN, LE MANNEQUINAT CE N'EST PAS POUR DEMAIN !!
HI HI HI HI HI HI HI HI HI HI HI HI HI HI HI HI HI

JE NE SAIS VRAIMENT PAS POUR QUI ELLES SE PRENNENT !?
CE NE SONT POURTANT PAS TOUJOURS ELLES-MÊMES DES FLÈCHES ...
TU VERRAIS TOUT CE QUE MON PROF DE FRANÇAIS NOUS A DONNÉ À LIRE.
DUR !
QUE DES VIEUX TRUCS EN PLUS !
DE TOUTE FAÇON, LE PLUS IMPORTANT C'EST DE SE TENIR AU COURANT DE L'ACTUALITÉ DU MONDE, ET POUR ÇA RIEN NE REMPLACE...
PDG !
Potins De Girls
inclus : ton horoscope amoureux !
exclusif
Sam du loft raconte
...à nouveau célibataire !
spécial people
GÉNIAL, LE DERNIER NUMÉRO !
ET LES GARÇONS PAR CI, ET LES GARÇONS PAR LÀ... JE ME DEMANDE BIEN CE QU'ILS ONT DE SI EXCEPTIONNELS POUR QU'ELLES S'INTÉRESSENT AUTANT À EUX ?!
IL FAUT QUE JE KIFFE SON SOURIRE MAIS QU'IL SOIT AUSSI MATURE DANS SA TÊTE.
LES MECS DE QUATRIÈME, C'EST É-NOR-MÉ-MENT BÊÊÊÊÊÊÊÊÊÊÊÊÊTE. PLUS COLLANTS, TU MEURS !

Un matin de décembre, la vision que Chloé pouvait avoir de la gente masculine fut néanmoins complètement chamboulée.
ÇA ME FAIT TROP PLAIS' ALEXANDRE DE TE REVOIR !
PAREIL POUR MOI, MON POTE ! TU M'AS BIEN MANQUÉ !
TES PARENTS SONT MAINTENANT ASSEZ GRANDS ! LA PROCHAINE FOIS, TU LEUR LAISSES LA PERMISSION DE PARTIR À L'ÉTRANGER SANS TOI !
ET LA TROISIÈME ? TU T'EN SORS ?
ÇA ROU-ROULE !
HIHI, J'T'ADORE, T'ES TROP DRÔLE !
OK, OK ! EUH... ON Y GO ENZO ?
YES ! À PLUS, MESDEMOISELLES !
?!

OUPS, EXCUSE-MOI !
JE NE T'AI PAS FAIT MAL AU MOINS ?
NOON NOON ...
BON, BAH, À BIENTÔT !
...
(soupir)
?

Les jours se suivaient et Chloé avait (semble-t-il) été définitivement envoûtée par son bel Apollon.
DRRiiiiNG
POUSSEZ-VOUS !
?
JE VEUX QUE TU ME REGARDES, JE VEUX QUE TU ME REGARDES...
!!
?

Les vacances de Noël arrivèrent donc un peu trop vite à son goût.
QUINZE LONGUES JOURNÉES SANS LE REVOIR... ÇA VA ÊTRE TROP DUR !
JE TE TROUVE TRÈS PENSIVE CES DERNIERS TEMPS, MISTINGUETTE...
TU NE SERAIS PAS AMOUREUSE, DES FOIS ?
EUUH ...
TU SAIS, TU PEUX TOUT ME DIRE, ÇA RESTERA ENTRE FILLES !
ZWIP
LES MAMANS ONT VRAIMENT UN SIXIÈME SENS !
OUI, C'EST VRAI !
POPOPOP, CH'EST PAS UN PEU FINI CHES MECHES BACHES VOUS DEUX ! PAPA EST FUTÉ ET IL CHAIT QUE VOUS RÉFLÉCHICHEZ À CHON CADEAU !
MAUVAICHE PIOCHE SHERLOCK, CH'EST PAS CHA ! MAIS, PAS BESOIN D'INCHICHTER CAR TU N'EN CHAURAS PAS PLUCHE !
MOUAIIICHE !!!

Bulletin de notes
1er trimestre

BLIN Chloé *dite Mistinguette*
- 4ème C -

Matières	Moyenne de l'élève	Conseils pour progresser
Apparence	11	Niveau moyen. Un peu d'originalité serait la bienvenue afin de franchir un cap.
Confiance	8	Débuts calamiteux. Fâcheuse tendance à se refermer sur soi. Il va falloir aller de l'avant !
Observation	14	Une très bonne entrée en matière mais attention tout de même au manque de concentration.
Séduction	9	Niveau faible. L'observation c'est bien, mais l'envie de plaire ne doit pas être pour autant oubliée !
Célébrité	8	Niveau médiocre. La renommée, ça se construit !
Moyenne périodique	10	

Appréciation générale : Des efforts consentis certes, mais Chloé manque le plus souvent d'efficacité. Elle demeure pour l'instant beaucoup trop attentiste. La majorité des lecteurs lui conseillent de désormais davantage cibler ses recherches. Il conviendra de redoubler d'efforts au 2nd trimestre.

Attention : ce bulletin est l'original, il doit être conservé.

Signature du professeur principal :

Melle Vernier

2ème trimestre

“Mode infiltration ” enclenché

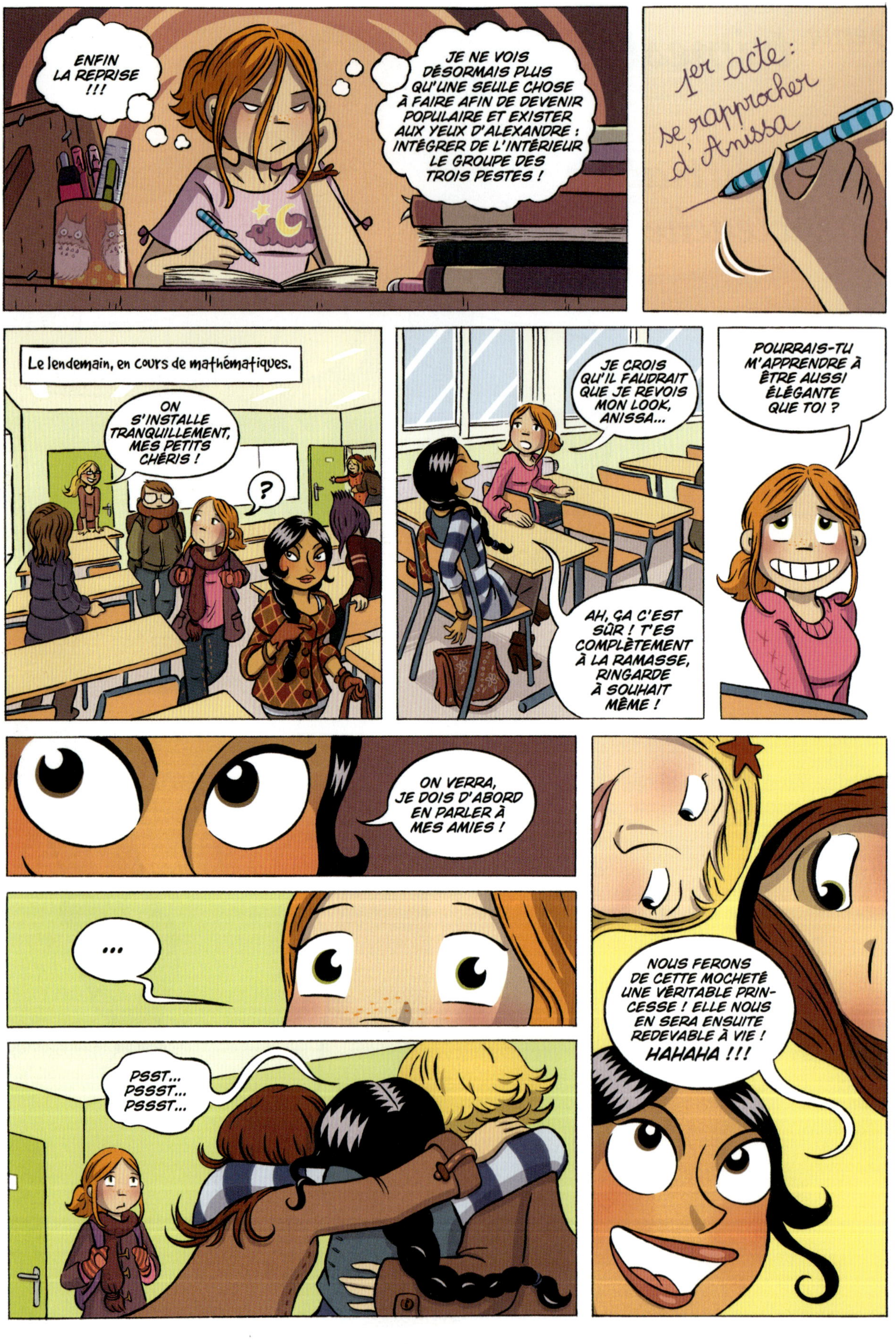
ENFIN LA REPRISE !!!
JE NE VOIS DÉSORMAIS PLUS QU'UNE SEULE CHOSE À FAIRE AFIN DE DEVENIR POPULAIRE ET EXISTER AUX YEUX D'ALEXANDRE : INTÉGRER DE L'INTÉRIEUR LE GROUPE DES TROIS PESTES !
1er acte : se rapprocher d'Anissa
Le lendemain, en cours de mathématiques.
ON S'INSTALLE TRANQUILLEMENT, MES PETITS CHÉRIS !
?
JE CROIS QU'IL FAUDRAIT QUE JE REVOIS MON LOOK, ANISSA...
AH, ÇA C'EST SÛR ! T'ES COMPLÈTEMENT À LA RAMASSE, RINGARDE À SOUHAIT MÊME !
POURRAIS-TU M'APPRENDRE À ÊTRE AUSSI ÉLÉGANTE QUE TOI ?
ON VERRA, JE DOIS D'ABORD EN PARLER À MES AMIES !
...
PSST... PSSST... PSSST...
NOUS FERONS DE CETTE MOCHETÉ UNE VÉRITABLE PRINCESSE ! ELLE NOUS EN SERA ENSUITE REDEVABLE À VIE ! HAHAHA !!!

L'apprentissage de Chloé débuta, quelques jours plus tard, par une séance intensive de shopping.
TU SAIS CHLOÉ, MÊME MOI QUI SUIS TRÈS BELLE, ET BIEN JE FAIS TOUJOURS TOUT POUR L'ÊTRE ENCORE PLUS !
JE NE COMPTE PAS TOUS LES EFFORTS QUE JE FOURNIS QUOTIDIENNEMENT...
ALORS, ACCÉLÈRE UN PEU !
Cabine
WOW !
SUPER JOLI !
TOP !
STYLÉ !
GÉNIAL !
TERRIBLE !
NICE !
J'ADOOORE !
AÏE, AÏE, AÏE, ALERTE COURBATURES ! ÉTIREMENTS OBLIGATOIRES TONIGHT !

...
Le samedi suivant, au rayon vêtements d'un supermarché.
J'ESPÈRE QUE MA PETITE MISTINGUETTE TROUVE SON BONHEUR ?
QUELLE GALÈRE ! SI JE GAGNAIS MON ARGENT, JE POURRAIS AU MOINS LE DÉPENSER OÙ BON ME SEMBLE !
STOP! STOP! STOP!
NE M'APPELLE PLUS COMME ÇA ! MOI C'EST CHLOÉ, J'AI 13 ANS ET JE NE SUIS PLUS UNE GAMINE !!!
enfan
3-6
TIENS, ARTHUR, VAS AVEC PAPA ! MAMAN DOIT AIDER CHLOÉ POUR SES VÊTEMENTS.
?
LES HOMMES AVEC LES HOMMES ET LES FEMMES AVEC LES FEMMES !!!

C'EST VRAI, JE NE SUIS PLUS UN BÉBÉ, QUOI !
JE VEUX DORÉNAVANT ÊTRE TRAITÉE COMME UNE ADULTE !
TU SAIS MA DOUCE, TU RESTERAS QUOI QU'IL EN SOIT TOUJOURS POUR TON PÈRE SA PETITE MISTINGUETTE ...
C'EST SA MANIÈRE À LUI DE TE MONTRER QU'IL T'AIME !
MAIS, N'Y PENSE PLUS MON PETIT BOUT DE FEMME ET SUIS-MOI ! POUR LE MOMENT, C'EST SHOPPING AVEC SA VIEILLE MAMAN.
TU VAS VOIR, ON VA TROUVER DE QUOI SURPRENDRE TON AMOUREUX DANS LES MAGASINS LES PLUS BRANCHÉS !
MOD'
ZAZA

BIP BIP BIP
ELLE A L'AIR D'ÊTRE SUPER MIGNONNE CETTE PETITE BOUTIQUE !
PEUT-ÊTRE MAIS MES COPINES NE M'EN ONT PAS PARLÉ !
Princesse d'un soir
Princesse d'un soir
ET ALORS ?!? L'ESPRIT D'INITIATIVE, MA FILLE ?!
MAGIQUE !
NE DIS RIEN, JE SUIS CERTAINE QUE CETTE ROBE TE PLAÎT, ÇA SE VOIT DANS TES YEUX ! MAIS, JE SAIS AUSSI QUE TU N'OSERAS PAS FAIRE LE PREMIER PAS PARCE QU'ELLE EST VRAIMENT DIFFÉRENTE DE CE QUI PEUT SE FAIRE AILLEURS.
...
ALORS, C'EST MOI QUI PRENDS LA DÉCISION DE TE L'ACHETER. UN JOUR, TU VERRAS, TU TE SENTIRAS ENFIN PRÊTE À LA PORTER !
d'un soir
Chez DRAC
Princesse d'un soir

C'EST NOUS !
OH ! RAVIES COMME ELLES SONT, LES SACS DOIVENT ÊTRE REMPLIS À RAS BORD !
DIX CONTRE UN QUE LA CARTE BLEUE A ENCORE DÛ CHAUFFER !
TU AIMES ?
LA CLASSE, ET PAS QU'À DALLAS !
?
EST-CE QUE JE SUIS BELLE, ARTHUR ?
HÉ ! REGARDE CARTOON !
OUI, OUI, MAIS EST-CE QUE JE SUIS BELLE ?
...
...
LILOU, T'ES TROP CHOU !!

Les semaines suivantes, les filles formèrent Chloé au maquillage, pour le meilleur et pour le rire.
NE T'INQUIÈTE PAS, JE VEUX M'ORIENTER VERS UN CAP ESTHÉTIQUE-COSMÉTIQUE.
JE MAÎTRISE !!!
COMMENÇONS PAR LES ERREURS À NE SURTOUT PAS COMMETTRE...
Les conseils beauté de Leslie
Pour le mascara, attention à ne pas faire de gros paquets !
Avec le blush, le risque, c'est de ressembler à une vraie poupée russe !
En ce qui concerne le fard à paupières, un mauvais choix de couleurs et c'est la cata !
Appliquer trop de gloss et, pas de chance, la bouche devient bien baveuse !
AÏÏÏÏEE !
ET, N'OUBLIONS PAS QU'IL FAUT AUSSI PARFOIS SOUFFRIR POUR ÊTRE BELLE !

À la maison, une révolution était également en marche.
DÉPÊCHE-TOI, CHLOÉ ! TON PETIT FRÈRE ATTEND DEPUIS AU MOINS UNE HEURE !
'Y A PAS LE FEU, KEEP COOL !
PARFAITEMENT PARFAITE, TOUT SIMPLEMENT !
...
IL SERAIT TEMPS QUE TU ME PERDES TOUTE CETTE MAUVAISE GRAISSE TOI, MON PETIT GROS !
HIHIHI !
?
ET CE PELAGE, IL EST RÊCHE COMME TOUT ! TU SAIS QU'IL EXISTE DES LOTIONS SPÉCIALES MATOUS QUI TE FERAIENT LE PLUS GRAND BIEN !
SLURRP !

Apparemment mieux dans son corps, Chloé semblait de plus en plus à l'aise avec Alexandre et ses acolytes ...
PUIS-JE ME JOINDRE À VOUS ?
AUTORISATION ACCORDÉE !
TU PEUX ME PASSER LE PAIN, S'IL TE PLAÎT ?
BIEN SÛR !
... Enfin elle n'en était toujours pas moins gaffeuse !
...

... Tellement gaffeuse d'ailleurs, que ses idées faillirent même parfois tourner au cauchemar.
QUAND JE TE VOIS, JE DEVIENS ROUGE COMME UNE TOMATE ! MAIS EN M'HABILLANT AUSSI CHAUDEMENT, JE VAIS POUVOIR T'APPROCHER SANS QUE TU NE TE DOUTES DE RIEN ! PAS BÊTE, LA CHLOÉ !
ZZIIIP
F'ÉTAIT MOINS V'UNE !
AH, C'EST TOI, MARC...
JE TE DOIS UNE FIÈRE CHANDELLE SUR CE COUP-LÀ !
VE N'AI FAIT QU'ACCOMPLIR MON DEVOIR VENTE DAME !
HI HI !

Du cauchemar au rêve, il n'y a néanmoins qu'un pas que certaines nuits permettaient de franchir...
OUAH ! C'EST QUE ÇA FATIGUE DRÔLEMENT L'AMOUR, MINE DE RIEN !
POUF

... Mais c'était sans compter sur les coups de blues, jamais très loin ...
VOYONS CHLOÉ, TU N'AS ENCORE RIEN MANGÉ ...
MHH ...
Coups de blues pour certains, bonne occas pour d'autres, soit dit en passant !
CH'EST PAS BIEN CHA CARTOON, PAS BIEN DU TOUT !

Ainsi, même si Etienne et ses méthodes très spéciales arrivaient, de temps à autre, à lui redonner le moral...
N'HÉSITE PAS À CHANTER TON MAL-ÊTRE CHLOÉ, ÇA PEUT PARFOIS ÊTRE UN BON EXUTOIRE !
TU SAIS, BEAUCOUP D'ARTISTES, DONT TON PARRAIN, SONT PASSÉS PAR LÀ.
EN POSITION, MA BELLE !
1, 2
1, 2, 3, 4
MON AMOUR, C'EST TOI QUE J'AIME...
SANS TOI, JE NE SUIS PLUS LA MÊME... LALAALALALA...
LALALA !
LALA !
MAIS POURQUOI, POURQUOI ....
... OUI POURQUOIIIIIIIIIIIIIIIIIII TU NE ME REGARDES PAAAAS ? NE PENSES-TU PAS PARFOOIIIS À MOOOOIIIII ?!
MMMH, JE ME SENS PEUT-ÊTRE UN PEU MIEUX, EFFECTIVE-MENT !

... Un simple après-midi potins chez Anissa suffisait à la faire ressombrer.
J'AI APPRIS QUE NADIA N'AVAIT MÊME PAS D'ADRESSE MSN !
RASSURE-NOUS, ELLE A AU MOINS UN PORTABLE ?
JE CROIS BIEN QUE NON, LES FILLES !
HAAAANNN !!!
OUAIS, MOI AUSSI J'HALLUCINE !!! JE SAIS TROP PAS COMMENT ELLE FAIT POUR COMMUNIQUER AVEC SON MEC !
ET LES VACANCES QUI DÉBUTENT DANS TROIS JOURS...
LA PAUVRE FILLE ! DÈS LA RENTRÉE, IL LA CALCULERA DÉJÀ PLUS ! HI ! HI !
JE N'AI MALHEUREUSEMENT RIEN À ENVIER À CETTE NADIA ! PAS D'ADRESSE MSN, PAS DE PORTABLE, ET SURTOUT PAS DE PETIT AMI, YOUPI !
ENCORE QUINZE TRÈS LONGUES JOURNÉES EN PERSPECTIVE ...

Bulletin de notes
2ème trimestre

BLIN Chloé

dite anciennement Mistinguette

- 4ème C -

Matières	Moyenne de l'élève	Conseils pour progresser
Apparence	12	Réel investissement. Attention néanmoins à ne pas trop en faire, au risque de ne plus savoir où donner de la tête !
Confiance	11	Même si hauts et bas se succèdent, de belles prises d'initiatives sont à souligner. Encourageant.
Observation	15	Toujours autant d'intérêt pour la matière. C'est bien.
Séduction	12	C'est mieux. Motivation en participation.
Célébrité	10	Continue, la réussite est au bout du chemin.
Moyenne périodique	12	

Appréciation générale :

Progression notable de Chloé ce trimestre. Elle se sent mieux dans son corps, c'est indéniable. Les lecteurs en sont conscients et la soutiennent.

Attention : ce bulletin est l'original, il doit être conservé.

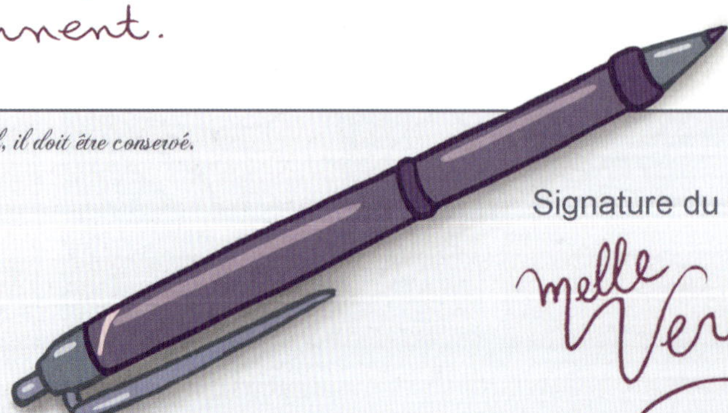

Collège Georges Brassens

Signature du professeur principal :

Melle Vernier

3ème trimestre

"Mode aventure" enclenché

Une rentrée sous le soleil, c'était pas si fréquent. Le cœur de Chloé avait besoin d'être réchauffé, ça tombait bien ! Elle se sentait enfin prête à accueillir l'amour.
CHOUETTE !!!
OH, NON !
?
PLIC
BRAOUM
OH, NON, NON !
OH, NON, NON, NON, NON !!!
!!!

Sa décision était prise, elle ne pouvait décemment plus vivre de cette manière !
C'EST NOW, MA FILLE, IL FAUT QUE TU LUI PARLES !!!
C'EST VRAI QUOI, J'EN PEUX PLUS D'ÉPLUCHER À CHAQUE FOIS DES OIGNONS POUR CACHER AUX YEUX DE TOUS MA DÉTRESSE !
GROUIK
MON PAUVRE TRÉSOR, TE VOILÀ BALLONNÉ PAR MA FAUTE, EN PLUS !
VRRRRRRRRRRRRR
PRRRT
AAAHHH !!! MAMAN ! PAPA ! CARTOON, IL A PÉTÉ !
...

La mission "conquête du bel Apollon" fut lancée le soir même.
VOYONS VOIR... JE DOIS DONC ESSAYER DANS UN PREMIER TEMPS D'ATTIRER SON ATTENTION AFIN DE LUI MONTRER QU'IL ME PLAÎT ...
OK!
OULALA, C'EST DINGUE CETTE CHALEUR AUJOURD'HUI, TU NE TROUVES PAS, ALEXANDRE ?
ON DIRAIT, OUI !
TU AS UNE POUSSIÈRE DANS L'ŒIL ?
QUEL CHARMEUR ! PRENDS GARDE À TOI, JE RISQUE DE TRÈS VITE SUCCOMBER, À CE RYTHME-LÀ !
NE TE RETOURNE PAS ET C'EST GAGNÉ ! ENFIN, J'ESPÈRE ...

ÉTAPE SUIVANTE : SE FAIRE APPRÉCIER PAR SON ENTOURAGE DIRECT ET DEVENIR INCONTOURNABLE. DACODAC !
CLUB MUSIQUE
JE PEUX ?
ÉCLATE-TOI !
DwiiiiZiiiiiKwiiii
TROP, C'EST TROP, JE RENONCE ! QUELLE MUSIQUE DE BARBARES !
T'INQUIÈTE, SORTIE DE LA FLÛTE À BEC, ELLE NE MAÎTRISE PAS FORCÉMENT !

CLUB
INFORMATIQUE
HEUREUSEMENT QU'ENZO M'A PRÉCISÉ QUE MARC ÉTAIT UN TRÈS BON AMI D'ALEXANDRE ! VU COMME ÇA, JE NE L'AURAIS JAMAIS IMAGINÉ !
CLIC CLIC
NOUS FOMMES LES DEUX FURVIVANTS DE L'ÉQUIPE !
COMMENT ?
CLIC CLIC CLIC
ATTENFION !!!!!
CLIC CLIC CLIC CLIC CLIC CLIC CLIC
Blue team wins
BRAFO ! BRAFO !
TU LES AS COMPLÈTEMENT ATOMIVÉS !!!
AAH ! AAH ! FALLAIT PAS NOUS CHERCHER !!!

ET MAINTENANT, ACTION ! TU VAS ME CONCRÉTISER TOUS CES EFFORTS, ET SANS TARDER, MA CHLOÉ !
CLAP !
OUHOUH ! ALEXANDRE !
OUI ?
GO! GO! GO!
J'ORGANISE UNE BOUM CHEZ MOI DANS UN MOIS, IL Y AURA DE LA BONNE MUSIQUE, UNE AMBIANCE DU TONNERRE, ET TOUT ET TOUT... EST-CE QUE ÇA TE TENTERAIT ?
please! please! please!
JE VIENDRAI AVEC GRAND PLAISIR !
OUAIS !
ENFIN, HUM, HUM, D'ACCORD, JE... JE... JE LE NOTE !
yes! yes! yes!
C'EST EN CHASSANT SUR NOTRE TERRITOIRE QU'ELLE NOUS REMERCIE, CETTE PIMBÊCHE.
ELLE VA VOIR DE QUEL BOIS ON SE CHAUFFE !

Boum, boum, boum, le cœur de Chloé fit boum et pensa boum durant trois bonnes semaines.
C'EST PAS POSSIBLE, JE SUIS AUSSI À L'AISE QU'UN MANCHOT SUR LA BANQUISE !
BIP
RECADRONS-NOUS SUR L'ESSENTIEL: À SAVOIR LES SLOWS, ET SURTOUT CE QUI VA AVEC...
LE BAISER !
MOUAIS, À PERFECTIONNER ! RÉFLÉCHISSONS PLUTÔT À UNE TENUE QUI LE FERA CRAQUER !

Le jour J enfin !
TU TE SOUVIENS MON CHÉRI, ON S'EST ÉGALEMENT CONNUS EN DANSANT LE ROCK'N'ROLL...
AH QUE C'EST VRAI !
LOVE, LOVE ME DO. YOU KNOW I LOVE YOU...
VOICI MON PREMIER CADEAU POUR TA BOUM, CHLOÉ : UNE SUPER COLORATION CRÈME EN DEUX MINUTES.
DÉPÊCHE-TOI DE LA TESTER ! TU VAS A-DO-RER.
ON NE TRAÎNE PAS, ANISSA DOIT S'ACHETER UNE NOUVELLE TENUE !
VRAIMENT MERCI, LES FILLES !

ON Y VA MISTINGU... EUH, CHLOÉ !
TU PEUX M'APPELER MISTINGUETTE, NO PROBLEMO PAPA !
S'IL Y A LE MOINDRE PROBLÈME, ON EST CHEZ REDWAN ET CATHY.
ET PAS TOUCHE À MES JOUETS !!!
?
QU... QUOI !
OH ! LILOU !
OK ARTHUR, J'ESSAYERAI DE ME CONTRÔLER, PROMIS !
VOYONS VOIR CE QUE ÇA DONNE !
RRRKKKKK

MROU ?
C'EST BIEN TOI LE PLUS GENTIL, MON PETIT CARTOON !
?
HIHI HIHIHI !
CLAP CLAP
AH D'ACCORD ! A PRIORI, VOICI MON DEUXIÈME CADEAU !
RIGOLEZ, MAIS VOUS NE ME GÂCHEREZ PAS MA FÊTE, ÇA JE LE PROMETS !

LE FORMATAGE, C'EST FINI !!!
JE VAIS REDEVENIR MOI-MÊME ET AUJOURD'HUI, JE SERAI VRAIMENT LA PLUS BELLE POUR ALLER DANSER !
ET CE N'EST PAS ELLES, NI VOUS D'AILLEURS, QUI M'EN EMPÊCHEREZ !!!
DING DONG
ALLEZ, MA FILLE !
J'ARRIVE ...

Une heure plus tard, l'ambiance battait son plein ...
ALEXANDRE, VEUX-TU DANSER AVEC MOI ?
TROP !
... Mais chloé était toujours contrariée.
ELLES NE VONT QUAND MÊME PAS ME L'ACCAPARER PENDANT LES SLOWS ?!
?!

ELLE DÉCHIRE TA COULEUR !!!
OUAH, QUE C'EST LAID !!!
PLUS RIDICULE, TU MEURS !!!
SI VOUS POUVIEZ ARRÊTER DEUX SECONDES, ÇA NOUS FERAIT DES VACANCES !
ÇA VA ?
OUI... JE CROIS ...
QUE LA FÊTE CONTINUE ...
MUSIQUE MAESTRO !
TU M'ACCOMPAGNES PRENDRE L'AIR, CHLOÉ ?

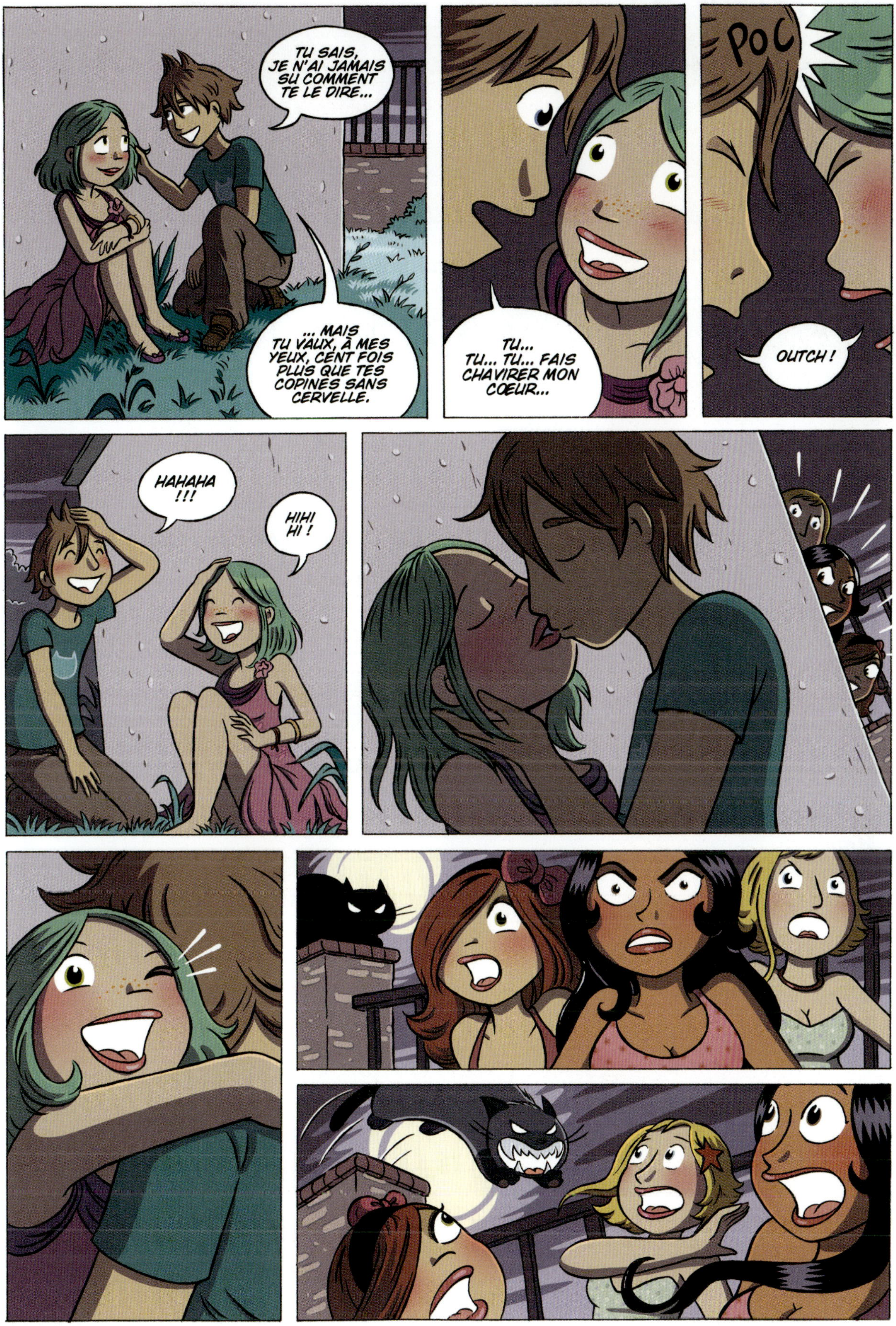
TU SAIS, JE N'AI JAMAIS SU COMMENT TE LE DIRE...
... MAIS TU VAUX, À MES YEUX, CENT FOIS PLUS QUE TES COPINES SANS CERVELLE.
TU... TU... TU... FAIS CHAVIRER MON CŒUR...
POC
OUTCH !
HAHAHA !!!
HIHI HI !

Bulletin de notes
3ème trimestre

BLIN Chloé

dite Mistinguette pour celles et ceux qui le désirent

- 4ème C -

Matières	Moyenne de l'élève	Conseils pour progresser
Apparence	14	Tu as finalement su faire taire les critiques en imposant ton style. Respect !
Confiance	15	Travail intelligent. Tu as réussi à affirmer tes choix dans l'adversité.
Observation	13	Tu ne t'es pas reposée sur tes acquis. Belle régularité. Bravo !
Séduction	13	Véritable implication. L'ensemble est devenu très satisfaisant.
Célébrité	15	Félicitations. Tu as enfin compris que peu importait la célébrité, si ce n'est dans les yeux des personnes que l'on aime.
Moyenne périodique	14	

Appréciation générale :

Tous les lecteurs tiennent à saluer la ténacité de Chloé. Elle a su se prendre en main et évoluer à son rythme sans jamais renoncer. Passage en 3ème plein de promesses.

Attention : ce bulletin est l'original, il doit être conservé.

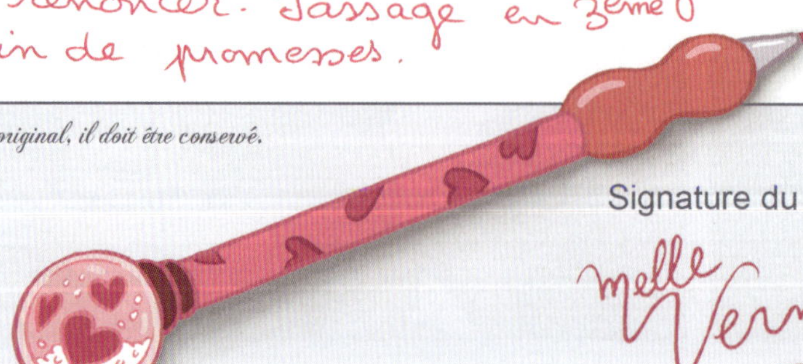

Signature du professeur principal :

Melle Vernier

Collège Georges Brassens

30 JUI
JUIN
08h → CDI
10h
12h vacances !
JE SUIS PARTIE !
UN SOURIRE COMME ÇA, J'EN VEUX TOUS LES JOURS AU P'TIT DÈJ !
HIHIHI !
J'ARRIIIVE !!!
HELLO, MA MISS !
F'EST AUFFI BEAU QUE DANS UN ROMAN-PHOTO !
DIS-MOI SI JE ME TROMPE MARC, MAIS TU SERAIS PAS PLUS À LA POINTE EN JEUX VIDÉO QU'EN LITTÉRATURE, NON ?
...
HAHA HA !
HIHI !

La vie, c'est quand même super bizarre !
Au début de l'année, c'était la déprime.
Aujourd'hui, je suis presque devenue exubérante.
Bah oui ! Les filles, c'est comme ça, ça pleure,
ça rit, au gré de leurs envies ...
Vive les vacances ! Sortons les maillots, stylés les maillots, bien entendu !
gros bisous
Chloé, qui vous aime !

nom :
prénom :
classe :

test !!

Quel personnage féminin de l'album es-tu ?

1 Si l'on te croise pour la toute première fois, on te remarque surtout car :

- ⭐ Tu fais la belle à la moindre occasion.
- ❤ Tu es une vraie gaffeuse.
- ✿ Tu es d'un naturel autoritaire.

2 Amoureuse, tu serais du genre à :

- ❤ Rêver pendant de longues semaines avant de te lancer.
- ✿ Te lâcher, alors que ce n'est pourtant pas du tout ton tempérament.
- ⭐ Foncer sans retenue, sûre de toi et de ce que tu représentes.

3 Invitée à une soirée déguisée ayant pour thème "l'élégance", tu choisirais :

- ⭐ La dernière tenue à la mode inspirée de ta star préférée.
- ❤ La plus belle robe de princesse.
- ✿ Ton habituel petit complet marron.